文化孕育的欧洲风采

——欧洲心旅与采影

严林生 著

图书在版编目(CIP)数据

文化孕育的欧洲风采——欧洲心旅与采影/严林生著.—武汉：中国地质大学出版社，2014.3
ISBN 978-7-5625-2577-6

Ⅰ.①文…

Ⅱ.①严…

Ⅲ.①游记-作品集-中国-当代

Ⅳ.①I267.4

中国版本图书馆 CIP 数据核字(2014)第 039276 号

文化孕育的欧洲风采——欧洲心旅与采影	严林生 著
责任编辑：徐润英	责任校对：戴 莹
出版发行：中国地质大学出版社(武汉市洪山区鲁磨路388号)	邮政编码：430074
电　话：(027)67883511　　传　真：67883580	E-mail:cbb@cug.edu.cn
经　销：全国新华书店	http://www.cugp.cug.edu.cn
开本：787毫米×1 092毫米 1/16	字数：140千字　印张：5
版次：2014年3月第1版	印次：2014年3月第1次印刷
印刷：荆州鸿盛印务有限公司	印数：1—800册
ISBN 978-7-5625-2577-6	定价：48.00元

如有印装质量问题请与印刷厂联系调换

前言

俗话说:"行千里路,读万卷书。"一句朴实的语言,却道出"旅游"与"求知"的关系。旅游使人广识博览,犹如引人解读一本饱含自然与人文、浩如烟海的无言巨著,以致倾向文化趣味的群体趋之若鹜,除游者精神满足之外,更丰富了民族的千年文脉。"游圣"徐霞客指点山河,为中华文化增添异彩;"诗仙"李白寻踪四海,留下了脍炙人口的千古绝唱;意大利旅行家马可·波罗远涉重洋,架起了牵引欧亚文化的桥梁。历代游者的墨迹,至今仍传承不衰。

旅游植根于文化的土壤,因而得以枝繁叶茂,源远流长,随着我国民众整体文化修养的不断提高,更迸发出它潜在的活力,目前正生机勃发,走进高等学府的殿堂,步入专业研究和传授的学术领域,已成为我国社会生活日益彰显的重要组成部分。近年来,国内及境外旅游所出现的滚滚热潮,更为举国瞩目的社会亮点。

大自然向我们展开双臂,让我们纵情享受它无私的馈赠,人们以不同的素养和审美意趣"塑造"所呈现的一切,从升华的反馈中获得快乐和启迪,眼光深邃的游者还从中悟到深刻的人生哲理,改变自己的观念和思想方法。在国内诸多景区仍可见到的碑林、石刻及楹联,便是独具慧眼的先贤以文学形式表达的对景物独到的发现和领悟,会令人耳目一新,进入一个更高的境界。山川秀色固有其一定的客观美学标准,但观者的素养不同,所得印象也有差别,人们从客观中体现真实的自己。孔子说:"仁者乐山,智者乐水。"也就是说,仁者由山找到自身的博大包容,智者由水找见自身的机敏用势,正是各自品格和精神折射所产生的共鸣。同时,山水的灵性也更增添旅游的魅力。眼光敏锐的游者还以同样的悟性渗透在对人文百态的鉴赏之中,深入到所访地区或国家的历史文化、建筑文化、服饰文化、民俗文化、饮食文化、工艺文化……进而触摸到它文化传承的脉络,品味它韵味浓郁的建筑艺术,探究它渊源深厚的民族习性,体验它风味独特的烹调技艺……如此丰厚的内容,该是何等宽阔的视野,这就是说,投以文化探究的目光,收获文化韵味的满足。

  旅游的目的地固然令人向往,但旅游并非单纯"走点",而是享受一个完整的过程。即面对纵情驰骋的精神世界,摆脱繁琐的羁绊,自然将身心投入到浩瀚的大自然,放松平日紧绷的神经,解开广纳诗、画的行囊,景点之外又何尝不处处展现多彩的山川地貌、人文风情,何不放开被事务紧锁的双眼,品味人与自然天然成趣的交流,审视人类改天换地的踪迹,岂不精彩多多,又何苦在旅途的寂寞与无奈之中白白浪费如此大好时光呢?

  我国旅游事业的发展,由国内范围逐步遍及世界。作为一种文化现象,国外旅游与文化的呼应和国内旅游本属异曲同工,但由于较大的文化跨越,难免会产生对不同的文化背景和民族间文化的陌生感。如何用上述眼光获得较深层的解读,领略更多异趣与新奇,便是本书写作的初衷。

  《文化孕育的欧洲风采》从上述观点出发,描述不止于表面,力图向纵深探索,使所闻所见更添文化兴味。全书除文字以外,针对所写景物尽量采摄图像资料,使读者获得更具体生动的印象。各图片除提供标识性信息外,还略作欣赏性评点,既横向丰富文字色彩,又可自成体系,直接提供欧洲视觉形象,权且视作独立图册。全书因曲短余音未尽,聊以新尝试的一鳞半爪,诚请读者指教。

严林生

2014 年 1 月

目 录

一、文化熏染的法国 …………………………………（1）

二、魅力威尼斯 ………………………………………（18）

三、中世纪氛围中的布鲁塞尔 ………………………（27）

四、哥特式建筑的巅峰——科隆大教堂 ……………（34）

五、欧洲古城——罗马 ………………………………（40）

六、欧洲文艺复兴的摇篮——佛罗伦萨 ……………（48）

七、风车之国——荷兰 ………………………………（55）

八、大自然的宫殿——阿尔卑斯山 …………………（60）

九、世纪花园——瑞士 ………………………………（68）

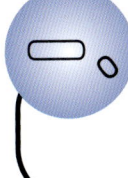

文化熏染的法国

  由武汉直飞巴黎的班机中午 11:30 起飞,法国航空公司的空中巴士机型由于人性化的设施,大大减少了乘客旅途的寂寞。机上餐饮服务的时间到了,我想,作为法国航班的特色,想必该有品牌的法国酒供应,我咨询了送餐的法籍空姐,她微笑地点点头,彬彬有礼地递给我一小瓶约 200 毫升的法国红酒。周围的中国旅客似乎有了新的发现,纷纷请我转达同样的要求,场面倒挺热闹,但我立刻想起曾见过的"抢购风潮","国格"一词浮出脑海,对不起,我这个义务译员也只得暂停服务了。

  我们意念中的"午夜"11 时,广播声使大家在蒙蒙睡意中醒来,拉开舷窗盖,猛

进入巴黎的第一印象是它透着法兰西文化雅致的建筑格调

然射进娇艳的阳光,惊讶之余,才突然想起时差问题,此时巴黎戴高乐机场正是阳光充沛的下午5时左右,两地时差为6个小时。虽然人们还未完全摆脱困倦的睡意,但当一幅新奇的异国风情画卷展现在眼前时,就像蒙太奇画面瞬间切换,产生了如此突然的强烈反差。一位年轻的旅友竟激动得唱了起来,武汉的女同胞们也以当地特有的"啧啧"赞声表达了同样的感受。

进入巴黎市区,首先映入眼帘的是它古老与现代风格交织的建筑风貌,中世纪巴洛克风格的穹顶、拜占庭式的门廊、罗马式的雕像石柱、哥特式的尖尖塔楼。与这些庄重典雅的古典建筑相辉映的是现代风格以巧妙体现内在力学结构特点而精心设计的新奇的建筑造型,以及雅致的图案纹饰,你可欣赏到多

张显个性的建筑语言流露出法国人的生活情趣

具有唯美倾向的法国人将民族的艺术秉赋挥洒在生活天地中

样的建筑艺术流派和审美谐趣,令人不得不惊叹浪漫的法国人竟如此巧妙地将所钟爱的艺术融进了生活空间。

透过现代都市的喧嚣,远处传来我们已感陌生的教堂钟声,这沁人肺腑的天籁之音,叙述着古老的故事,送来温馨的祝福,更净化了远方来客的心灵。

塞纳河上多采的孔桥与两岸建筑相映生辉

塞纳河沿线各富个性的多孔拱桥既衔接着两岸的繁华,又以各自独有的建筑之美装点着这条母亲河,为巴黎的魅力又抹上浓浓一笔。河流两岸参差错落的楼宇简直构成了法兰西古典建筑和世界建筑艺术的博物馆,让你惊叹设计与建造者非凡的天才与智慧。游船徜徉河上,令人目不暇接,真是一次高品位的艺术享受,现在才意识到建筑作品竟也有如此惊人的美学震撼力,其中温馨的色调以及与自然环境的协调也为之增色不少,尤其艺术大师们不朽的雕塑造诣都恰到好处地在穹顶、石柱、拱门、塔楼等处找到最理想的归宿,简直妙不可言,在惊叹设计者们巧思匠心的同时,一种发自肺腑的敬意油然而生。当眼前所有这一切在瞬间向你扑来,却又

塞纳河畔古老的楼宇穿越若干世纪,依然以雄奇雅致的建筑美冲激着今人的视觉

塞纳河水上观光提供了最佳视角,两岸浓缩的法国历史与法国文化使游客为之震撼

雕塑与建筑的融合使巴黎洋溢着文化的大气与典雅

游船穿行于一座座独具匠心的多彩孔桥之间,游客惊喜地又享受到一次意外的艺术盛餐

转眼即逝时,幸好手中的摄像机帮我记下了这精彩的片刻,留待今后细细咀嚼回味吧。

游船航行过程中,船上用英、法、中等国语言进行导游讲解,沿途我们不断听到一些耳熟能详的名字:卢浮宫、巴黎圣母院、凡尔赛宫……当然有的地方是无须解说的,人们一眼就认出那是埃菲尔铁塔,在塞纳河上观赏铁塔是再理想不过的角度,在周围环境的衬托下,更突显出它的巍峨、挺拔乃至几分俊秀。对比我在铁塔脚下所得印象,除了排队等待登塔

游船从埃菲尔铁塔基座旁匆匆掠过,顿时引起一阵惊呼

作为巴黎标志的埃菲尔铁塔使多处街景点染另样的风情

的各国游客焦燥的面孔和铁塔高处缓缓移动的徒步攀顶的勇士们模糊的身影之外,便是满目纵横错杂、理不清头绪的钢梁钢柱,就像身处在北京鸟巢面前难睹庐山真面目一样。当然,走到近处体验一下它宏伟的气魄、摸一摸巨人的臂膀,也有另一种乐趣。

游船在塞纳河上徐徐航行,船身划破闪光的微波,两岸建筑在水中映着倒影,多风格的拱桥在头顶频频掠过,更助兴的是远处传来的法国古典乐曲的旋律,给四周古雅的楼宇更抹上中世纪的情调。音乐与建筑的呼应,出现在此时此地真是绝妙的一笔。西方哲人说:"音乐是流动的建筑,建筑是凝固的音乐。"面对此情此景,耳濡目染,对这一名言可能会有更深的领悟。

承载法国历史的母亲河——塞纳河仍默默无言地滋润着这片土地

在游船上,我身边坐着三位法国少女,其中一位是医院护士,两位是在校学生,都能用流畅的英语与我们交谈,我印象较深的是她们彬彬有礼、谦和高雅的气质,既使人乐于接近,又不失庄重,从举止谈吐可以看到她们良好的教养,这是法国传统教育和理念熏陶的一代,看到这般温雅举止,不禁使人有所感触。我想,在我国当前所强调的素质教育中,除社会责任角度以外,在个人行为修养方面如能充实更广义的内涵,何愁不能培养出"礼仪之邦"具有大国仪态风范的一代。

中国人掀起的国外旅游热潮是随着经济发展衍生的新事物,在国外也能看到它的方方面面。记得在意大利威尼斯马可广场上,我遇到一位美国游客,交谈中他举起大拇指连声说中国人"rich"(富有),这可能是他在欧洲游历中所得出的结论,大凡在欧洲造访的国家多了,或许就会产生类似印象。在法国、德国、意大利、奥地利、比利时、荷兰、瑞士等国著名的旅游景点,中国人是常见的游客,有的旅行社甚至是由宁夏、青海、甘肃等过去较少出游的省区发团的。据旅行社方面说,目前欧洲外来游客中,10车人中就有7车是中国人,我们在欧洲所见也大体相同。穿梭于各国著名景点的黄皮肤同胞总习惯于打听对方来自何省何市,这是中国认乡亲文化的体现,俗话说:"老乡见老乡,两眼泪汪汪。"这或许表达了有别于他国的这种心理趋向。

人们说,巴黎是世界上最美的城市,这可能还只是就其直观的感受而言,如果将这一切再放到它灿烂的历史背景中加以审视,就会感觉到在形形色色实体背后所蕴含的更多的内容。如果漫步在它的林荫道上,冥冥中会浮现出那些曾经活跃

祥和宁静的巴黎协和广场曾见证当年路易十六和皇后在此被推上断头台的往事

在这片土地上的熟悉的形象——拿破仑、雅各宾、罗伯斯庇尔、乃至走上断头台的路易十六以及巴尔扎克笔下的老葛朗台,耳旁仿佛响起法国大革命中平民的吼声以及巴士底狱的倾覆,所有这一切都先后在这个舞台上演绎过历史,虽然他们已经走远了,但他们的足迹依然镌刻在这座城市的方方面面,使城市变得更加含蓄,更富于文化底蕴,这是任何新兴城市所无可比拟的。

站在宏伟的凯旋门前,面对闻名遐迩的香榭丽舍大街,满眼看到的皆是路旁一座座装有顶蓬的半露天的酒

香榭丽舍大街前的凯旋门除宏伟的气魄称雄于世外,其外壁及拱门内精美的浮雕造诣也令世人叫绝

吧与咖啡座,以及在小圆桌前悠闲品着咖啡的男男女女,而且一般街道、行人道旁紧贴商店橱窗的一侧,三三两两地摆放着供行人饮酒、喝咖啡的小圆桌,人们面街而坐,从容打发着时光,有时就暴晒在阳光之下。西方

巴黎街边的酒吧与咖啡座以及悠闲的人群,可隐隐解读法国人的生活观念和人生哲学

以古希腊神话中圣人与英雄居住地命名的"香榭丽舍"大街，世界级名店云集，被誉为巴黎最美丽的街道

人热衷于晒日光浴是他们的传统，但当今科学研究显示，长期暴晒有导致皮肤癌的风险，然而眼前所见和过去并无两样，令我们对致癌之说也产生了怀疑。据说在欧洲人心目中，白皙的皮肤并不是富有的象征，反而表明他们没有更多的时间和兴致去享受阳光。在所见中引起我们好奇的是法国女性烟民众多，而且个别在街头吞云吐雾、坦然自若的神态，不知是我们少见多怪，还是民族的差异？

从这些不同的侧面可隐隐看到法国民族性格和人生观念——从容不迫，享受生活，自由浪漫。领先世界的服饰和化妆品的传统优势，或许正是这种种追求的派生物。有同伴问我对法国的印象，我的回答很简单：①舒缓的生活节奏；②享受的人生哲学；③自由与浪漫的追求；④高尚情操的自我完善。这诸多的民族习性既造就了历史的灿烂，也衍生了华贵的生活倾向。

说到法国的历史文化，我们不得不提到凡尔赛宫，这是法国帝王的宫殿。法国早期辉煌的文化成就，使恣意享乐的王室堆积起这座至今令世界叹为观止的艺术殿堂，从宫内四壁、墙角到穹顶，步步展示着令人屏息的世界艺术杰作，从艺术品的品位到布局堪称古今典范之作，就连宫殿建筑本身简直就是一件整体的雕塑

集中展示法国文化的凡尔赛宫是典型的法式
宫殿和园林建筑,广为他国模仿

凡尔赛宫宫墙外的园林充满皇家气派,各组合元素协调如画

巨作,四壁几乎找不到一片未经修饰的空白,俯、仰都见富于立体装饰效果的壁画、浮雕和人物塑像,几乎以琳琅满目的艺术精品代替了墙面,连门窗也组合在整体艺术架构之中,为宫殿增色不少。眩目的吊灯以及由雕像组成的灯饰是宫内的又一特色,更增加了宫廷的豪华与高贵。在宫内浏览的每一步都是对举世名画、名雕的享受经历,在宗教内容方面,你可看到阿波罗的神姿、圣灵升天的壮观;

漫步凡尔赛宫,俯、仰都是不凡的艺术享受

凡尔赛宫将空间利用达到极致,连墙角也方寸不舍

在人文内容方面,你可观赏到拿破仑加冕典礼的盛况、路易七世的风采。

法国皇帝的卧床是吸引游客的另一亮点,但两侧帐帷遮掩了背面细节,倒更增加了几分神秘。

在欣赏法国帝宫文物的同时,令人感慨的是法兰西灿烂的古代文明竟世世代代如此完整地保存至今,作为中国的观光者,不禁会联想到我国曾是更古老的民族,也曾有震惊世界的文化遗产,但由于久历劫难和疏于保护,损毁数量众多,在凡尔赛宫的启示面前,不禁引人深思。

如果说凡尔赛宫是法国宫廷建筑的典范,具有典型哥特式风格的巴黎圣母院便可视为宗教建筑的代表。院前排着长队的世界各国观光者沉浸在顶端双塔传来的圣洁的钟声之中,既渲染了宗教神圣的气氛,又涤荡着虔诚信徒的心灵,更使人立刻想起驰名影片《巴黎圣母院》中雨果所塑造的那个外形丑陋但内心善良的钟楼怪人卡西莫多的形象,他使这座古老的教堂渗透到世界人们的心中。

凡尔赛宫中雕塑与灯饰巧妙的组合更烘托皇宫的豪华与高贵

巴黎圣母院顶楼双塔的钟声使拜谒的来客沉浸在神圣的宗教洗礼之中

圣堂内五光十色称做玫瑰窗的彩色玻璃使周围肃穆气氛陡增几分亮色,这种玻璃是早期法国特有的工艺,也偶尔见于早期中国讲究的宅第之中。面对祭坛上怀抱着婴儿的圣母玛丽亚圣像,温存的抚爱使人感受到母爱的震撼力。沿着圣堂

巴黎圣母院中怀抱幼婴抚爱感人的圣母雕像使人感受到爱的伟大

的墙壁,展示着一组组根据圣经故事创作的浮雕群,其精美的程度足以使人驻足久久品味而不舍离去。这崇尚艺术的民族将自身的天才在宗教圣境中得以张显,又将神灵的天国通过艺术技艺刻划得如此出神入化。

巴黎圣母院四壁展示《圣经故事》,工艺精美的玫瑰窗为肃穆凝重的环境陡添亮色

虽然不是布道的时间,但一排排坐椅上仍聚集着默默的人群,想必是来访者正在体验片刻神圣的肃穆和宁静,也或许是在圣坛面前虔诚的祈祷。耳边响起播放的"圣母颂"这具有神圣感染力由管风琴奏响的旋律瞬间使人忘掉了一切烦恼,沉浸在宗教的抚慰之中。

在欧洲每到知名的商场,总能见到大量过足消费瘾的中国购物者。在荷兰阿姆斯特丹一家驰名的名贵钻石加工厂中,我见到一位中国男士,就因为妻子生气而喋喋不休,像买玩具满足孩子欲望似地一掷千余欧元(合人民币 10 000 多元),轻易地买下一颗钻石。我们同车的一位旅友购得一款旅行拉箱,由于外形别致,尤其滑行出奇轻松灵巧价格为200欧元

巴黎圣母院肃穆的圣堂回荡着圣歌的旋律,使心灵恍若在净化中得到超脱

在蒙巴纳斯楼顶玻璃大厅观赏巴黎工整的城市规划布局

（合人民币 1 600 元），欣赏者纷纷探路争去购买，弄得我们车辆的货厢几乎箱满为患。巴黎有家知名的 Lafayete 购物中心，中国游客按其译音称做"老佛爷"，这里是中国游客最常光顾的地方之一，门前也常坐满休息的中国顾客。有一天我和其他两位走失的旅友向当地法国人请求帮助，正是凭着"中国人聚集的购物中心"这一特征，这位法国朋友指点我们顺利地找到自己的团队。据说法国有家因中国顾客而兴旺起来的商场正在准备改建为"中国城"。所有这些，或许正是前面那位美国游客竖起大拇指所称的"rich"在欧洲人心目中的注解吧，我们还听说，在目前经济不景气的欧洲，各国都纷纷转向中国财路来缓解当前的困境。这又使我联想起两月前在台湾旅游时，当地的新闻节目说，目前在台湾的内地观光游客每天高达 8 000 人，难怪在阿里山、日月潭等地会见到那么多的内地游客。从这寥寥窗口便可窥视这滚滚浪潮之一斑。

关于出境旅游饮食问题，一般随团出游者大都由承办方统一解决，但随着井喷式的人流，加之照顾旅游路线和中国人饮食习惯及核算等问题，旅行社面对的难题也不少，除早餐由旅馆供应外，中、晚餐均在陈设亲切的中国餐馆订座。虽然欧洲各国均有华人经营的中餐馆，但随着出国游览人数剧增，现有餐馆忙于应对，餐饮质量便谈不上烹调技艺、风味之类，作为平民化的游客，已无从有享美食助游兴的奢求，常常是粗茶淡饭，来去匆匆。有游客打趣地说，我们的旅游是"饱了眼福,亏了肚子",我想,这种状况岂不正好为国内的餐饮从业者开辟了绝好的商机吗?

　　在国外大凡住宿都包括早餐,国外对早餐比较重视,食物品种也丰富,但纯属"洋餐",国内游客有的不习惯。一次,有家宾馆的餐厅应中国旅客要求煮了一些鸡蛋,结果大家哄抢一空,有的旅客则要求宾馆提供方便面,这可难坏了欧洲餐厅,说来也怪,他们不知从何处竟找来了在欧洲这极罕见的东西,但是泡面的开水却成了问题,因为早餐饮品除牛奶、咖啡等以外,绝无白开水一说,即便解决口渴问题,可从任何自来水阀门直接取饮,这在欧洲是绝对安全的。爱泡茶的中国同胞也只得在中国餐馆就餐时,讨点开水一过茶瘾了。

　　人们一提起意大利的文化,会首先想到文艺复兴的摇篮佛罗伦萨,而一提到意大利的风光,自然会首先想到水城威尼斯。

　　早期威尼斯的居民,为了逃避战乱,从罗马帝国移居到亚德里亚海的这个小岛上,由于充分利用了当地的环境与资源优势,最终立足于这片美丽的水乡泽国,其后由于其他异族先后迁来避难,相继融入了威尼托文化、拜占庭文化、哥特文

水巷深深,情趣浓浓

在贯连威尼斯全城航道网络的大运河上可放眼观赏这座号称"水上明珠"的漂浮的城市

化,逐步确立了海上霸主和强大的航海共和国的地位。可以说,多种文化的融合构成了它灿烂的历史,这就是我们能在这片土地上嗅到如此诱人的民族气息和见到如此多彩的建筑风格的原因,整个城市布局称得上是历史与自然完美的结合。城内大大小小曲折迂回的水道,形成四通八达的交通网络,呈现"S"形的大运河是它的主干河道,沿河密集地点缀着多姿的小桥,或轻盈纤巧,或古朴凝重,是多文

小桥贯穿里巷之中,生活情趣浓郁,且大多贴近水面,桥上桥下可寒暄示好

化造桥传统的大展示,已形成水城一道亮丽的风景。小桥大多贴近水面,站在小桥上,能与船客互致问候,在欧洲很难见到如此顺应自然的水域环境。不论是石桥、木桥、平桥、拱桥,都连接着居民的里巷,生活情味浓郁,甚至可听到小窗中传来的钢琴声。多姿的小桥与河面闪烁的波纹相映成趣,煞是迷人,加之两旁拜占庭、威尼托及哥特式的楼台以及形形色色有着地域特色的小

由多民族汇入而形成的多风格造桥文化是威尼斯又一道亮丽的风景线

作为意大利威尼斯象征的里亚尔托桥曾被莎士比亚在名著《威尼斯商人》中作为故事演绎的背景

铺,弥漫着诗一般的意境。众桥之中,最著名的莫过于作为本城象征的里亚尔托桥,以及桥上挺立的那座小亭,这就是莎士比亚在《威尼斯商人》中曾提到的那座桥。岁月悠悠,人事沧桑,但这座小桥依然伴着苍凉的岁月,游人怀着冲冲兴致来追忆往日的繁华,引起的却是感伤的幽思。

威尼斯河道上还有另一座闻名于世的"叹息桥",这是一座几乎全封闭的拱廊桥,是过去死囚赴刑场时的必经之路,每当囚徒至此,见到桥下停泊的船上等候诀别的亲人,总是哀痛欲绝,桥上桥下哭声一片,叹息声伴着临终嘱托,这便是"叹息桥"名称的由来。

意大利威尼斯河道两侧的建筑直接建基于河水之中,形若飘浮的水上楼阁

"叹息桥"连接法庭与刑场,是死刑犯的必经断魂桥

威尼斯造型独特的"贡都拉"小船是城市唯一的交通工具,是水都风情点睛之笔

韵味独特的"贡都拉"小船是公元16世纪由威尼斯政府
统一标定的造型,更增添了"水都"的妩媚

称做"水中明珠"或"水都"的威尼斯是由118个岛屿和117条河道以及395座桥梁组成,狭窄的河面掠过一条条韵味独特的"贡都拉"小船,它们和威尼斯水城具有同样的魅力和声誉,而且也是这座城市唯一的交通工具。据说"贡都拉"最早出现在7世纪,1562年威尼斯政府为了树立"贡都拉"的形象,规定统一漆成黑色,成为世界

"贡都拉"船夫正应邀高唱意大利韵味十足的划船曲调

独有的标志,船上有舒适的座椅,现代还添置了放音系统,但这种与气氛不协调的"画蛇添足",我看并非成功之举。这种小船船体修长,船宽约1米,两头尖尖翘起,十分精致,是经过时代考验的独特造型,由于两头高挑的位置,船夫就像突兀地高高站在船尾,用细长的单桨划行,如果受到特别邀请,他们会唱起意大利风味十足的古老的船歌,划桨时一俯一仰,动作十分优美,这又给威尼斯风情画卷添上韵味浓重的一笔。船行途中,静谧而狭窄的水道两侧耸立着高高的楼

"贡都拉"穿梭于狭窄的河面,犹如被夹在两侧高楼形成的深巷之中,划桨引起回声阵阵,恍若幽谷回音

宇，小船如同夹在深巷中划行，桨声和滴水声激起阵阵回音，仿佛来自幽谷的共鸣，单听觉享受而言，不知不觉又体验了一次"探险"的经历。

位于威尼斯市中心的圣马可广场是威尼斯精华之所在，是威尼斯重大政治活动和公共集会唯一的场所，它于欧洲文艺复兴时期即已建成，古趣盎然，广场入口

威尼斯圣马可广场矗立着韵味古雅的总督府，是全城政治活动和公共集会的中心

处有一高大圆柱，十分具有标志性，记得我们迷路时就是以这立柱找到方向，圆柱上挺立着一只展翅欲飞的铜飞狮，它是威尼斯的城徽，双目炯炯守卫着这片土地，左爪还踏着刻有天主教圣谕的圣经。圣马可广场给人的第一印象是两边廊台的门窗奇多，一眼看去，这座敞亮的拜占庭建筑就是层层叠叠极富装饰性的门窗以及绚丽的镶嵌图案组成的外廊，后面便是赫赫有名的托卡雷王宫和圣马可教堂，这种幽林掩宝的格局不禁令人产生好奇心，原来当时威尼斯共和国的权势与财富

威尼斯圣马可广场入口处作为本城城徽的铜飞狮雄立在巨大圆柱的顶端守卫着这块土地，两侧装饰精美的廊台是早期典型的拜占庭式建筑

威尼斯与古代东方接触的历史使圣马可教堂出现东西方融合的建筑风格

使王宫的奢华达到极致,加之王室又从埃及悄悄偷回圣马可的遗体,出于防卫与私密的目的,以坚固的城堡结构与外界隔离,一直延续到拜占庭建筑风格融入并风行境内,才改变成目前开阔式格局。由于威尼斯很早就和东方有接触,因此圣马可教堂在建筑上具有东西方风格融合的特点。其中伊斯兰风格的圆顶无疑会引起东方游客感情的共鸣。

广场中心的钟声响了,这是圣马可钟塔从90多米的高处召唤教徒们到教堂举行弥撒的时候了,这里依然沿袭着祖辈们坚守的宗教仪式,你瞧,钟塔顶上的圣马可雕像正在向大家招手呢。

高高耸立在圣马可广场高约90余米的钟塔召示着全城的宗教活动

中世纪氛围中的布鲁塞尔

  比利时地处欧洲中心,作为被称做"欧洲心脏"之国首都的布鲁塞尔又在此中心之中,欧盟诸多重大政治、经济、军事问题都在这里商讨决定。布鲁塞尔广场又地处布鲁塞尔市的中心,这三个"中心"既标志它地域的独特性,又因地理位置而获得"欧洲的首都"这一美称。广场建于12世纪,范围不大,用小块花岗石铺砌地面,显得古色古香,四周耸立着哥特时代、文艺复兴时代及路易十四时代辉煌的建筑,伴以中欧独有的艺术风情,加之巡察的骑行士兵,宛如置身于中世纪古老的国度之中,广场一侧有一座醒目的五层建筑,人们纷纷在此拍照留念。马克思、恩

在马克思和恩格斯曾居住和工作的大楼之前人们驻足久久沉思,默念伟人的足迹和星火之源

格斯于1845年相继迁居于这座当年称做天鹅咖啡馆的住处,因其门楣上饰有一只振翅欲飞的天鹅而得名,这里曾是早期共产主义通讯机构和德国工人运动指挥中心的所在地,在此期间,马克思、恩格斯完成了《共产主义宣言》等不朽的著作。位于左边的那座高楼,便是一代文豪雨果的公寓,他对这一广场情有独钟,称赞它是"世界上最美的广场",比利时对此引以自豪,并将这一赞誉广为传播,据说在申

布鲁塞尔街道骑马巡逻的士兵更渲染中世纪的情调

比利时布鲁塞尔广场古色古香的建筑格调使中世纪的岁月又浮现眼前

报世界文化遗产过程中,此语曾起到重要的作用。邻近的博物馆,当年曾是路易十四的行宫,是当年盛极一时、众目敬仰的地方。真不愧为一块群玉荟萃的风水宝地,虽然各代风流已随历史远去,但留下的却是广场终年不断的拜谒者和撼动人心的故事。

其实,它如今的地位也毫不逊色,在广场南侧有一座巍峨古朴的大厦,这就是布鲁塞尔市政大厅。这是一座典型的古代佛兰德哥特式建筑,气派宏伟,楼顶最吸引目光的是一座高达90米的厅塔,造型空灵通透,有类似雕塑品的灵气,顶端还矗立着本城市守护神的铜像,看起来虽不显眼,但实际高度竟达5米。据介绍,由于本市政大厅系分期建造,结果厅塔与正门垂直错位,主设计师因羞愧而跳楼身亡,但他何曾想到这座像工艺品一般精致而华丽的建筑却给人带来超乎寻常的享受。

布鲁塞尔广场一侧的旧时王宫,雕饰精美华贵,一副皇家气派,比利时及荷兰国王都曾在此居住过,现已辟为博物馆

布鲁塞尔广场的市政大厅高耸90米,造型空灵通透的塔楼使中世纪风情巧添点睛之笔。

象征独立精神及城市标志性的布鲁塞尔第一小市民
——尿童于连雕像隐含的壮烈故事引来尊敬的目光

在广场附近的一条里巷中,在高过头顶的一座石台上,抬头可见一尊被誉为布鲁塞尔象征的塑像,当地人亲切地称之为"布鲁塞尔第一小市民"的尿尿小童——于连,于17世纪由雕塑大师捷罗姆·杜克思诺完成,已守卫这座城市近400年之久,虽然我过去曾久仰盛名,这次总算有幸一睹尊容,塑像不像常规所见那般高大,仅约半米左右,背靠墙壁,头发微卷,鼻孔略翘,嘴角挂着调皮的微笑,全身裸露,挺着胖乎乎的小肚皮,十分惹人喜爱,终年旁若无人地不断撒尿,神态栩栩如生。虽然小小年纪,传说的事迹却撼动人心。据说古代西班牙侵略者在撤离布鲁塞尔时,在城内布设了炸药,企图将城市夷为平地,所幸一勇敢小童夜出撒尿,见状急中生智,将引火线浇湿,使城市免遭一场浩劫,而他却中箭身亡。出于对他的喜爱和悼念,终年游人不绝,慕其名而求一睹为快,现已成为全市知名景点,并成为成功申报世界文化遗产的元素之一。小于连也逐渐被赋予性格和生命,为避免寒冬对他的伤害,据说自巴伐利亚总督将自己心爱的刺绣礼服赠送小于连从而开启赠衣先例以来,赠衣之俚俗已形成传统,布鲁塞尔还专门为此开辟了供展览赠衣的博物馆,这为展示世界各国多彩的服饰文化开辟了一片绝妙的园地,中国所赠送的是一套儿童军装和一套汉式对襟小褂裤,这确是中国服饰文化的招牌之一。

比利时素以独特风味的巧克力闻名于世,在距布鲁塞尔广场不远的地方,有一条别具特色的街道,沿街鳞次栉比挤满了出售巧克力的商店。街道虽狭窄但很精致,富于中欧情调,各商家独具匠心的橱窗布置使我首先倾向于欣赏其艺术美感,商业中能有这等审美趣味,既令人赏心悦目,又增加了商品的诱惑力。

在这条街上,我见到一些衣冠楚楚的绅士竟然也边吃边走地出现在公众场合,对讲求绅士风度的欧洲人来说,此等不雅的举止常会遭致诟病,但在这条街上似乎一反常态,而且并非个别,真说不清其中缘由,至少可见欧洲人对巧克力的喜

布鲁塞尔一条汇集巧克力名品商店的特色街道使慕名而来的游客享受饮食文化之旅

爱,也说明比利时品牌确实名不虚传。

其实,这街头所见并不足为怪,在有识者眼中,观光不仅止于表面的山山水水,而须赋予更深的文化内容,更具体地说,包括所访地区的建筑文化、饮食文化、服饰文化、民俗文化、工艺文化等,对一地才能有纵深的了解,才知其中精彩多多,旅游才有更深乐趣。以饮食文化而言,一地的饮食特点是一地特定生活历史的表象,你才可能从中有更多发现,前面所见那瞬间"失格"的绅士们,又何尝不是"够格"的旅游者正在体会当地的饮食文化呢?

哥特式建筑的巅峰——科隆大教堂

  我们造访了德国莱茵河畔的科隆市，当然首选的观赏目标是列入世界文化遗产名录并被誉为"科隆的灵魂"的科隆大教堂。它是世界迄今最高的教堂，和我们曾造访过的巴黎圣母院及梵蒂冈的圣彼得大教堂列为欧陆教堂三杰，而且在全欧所有哥特式建筑中堪称无可逾越的巅峰，教堂是由与中轴部分连砌在一起的两座高161米的尖塔组成，外观修长而尖削，酷似两把巨剑直插云霄，站在面前仰望塔尖能够隐隐嗅出科隆人那近乎癫狂的宗教狂热，难怪有人认为科隆人将狂欢节上

科隆郊外易比斯小镇古老而传统的木框架小屋仅用木材与泥土简易材料却化简为奇，是乡土气息浓重的民族建筑

的激情挥洒到了这座伟大教堂的尖顶上。两主塔周围伴以几座类似的小尖塔彼此相呼应，外形巍峨而又不失雅致与轻盈，这奇特的造型体现了基督教统治的中世纪在建筑上所反映的宗教观念，也就是将人们的心灵引向神圣的天国，这种理念一直延续到文艺复兴运动以后，随着人文主义观念的兴起，才使人们的精神回归到地面。这座教堂虽屡经修缮，但依然保持如同久经风霜的古铜色，庄严而古雅，有超然脱俗的气概，沿外壁所雕十二圣徒的巨大塑像以及精美的纹饰既增加了建筑的美感，又烘托出浓烈的宗教气氛，对视觉和心灵都产生了强烈的震撼力。

科隆大教堂正面的雕饰是宗教理念与艺术魅力的融合，闪射着庄严神圣的光彩，使观者为之震撼

　　进入教堂内部，同样体会到"高"与"尖"的感觉，所有曲线都向上汇集到透光的穹顶，看到了结构轮廓所产生的美感，行走其中，人们会不由自主地抬起头，因为只有这样，才能领略它的精华。穹顶高达43米，各自分割的礼拜堂多达10座，大教堂四壁高大的窗户装配着绘有圣经人物和故事的彩色玻璃，笔法细腻，完全可与彩绘人物画卷相媲美。当阳光穿过玻璃射入圣堂时，斑斓的色彩营造出一

个个神秘的幻境,这可能正是设计者的巧思睿智所刻意创造的天国圣境。同时由于科学的设计,产生绝妙的共鸣效果,耳边传来由管风琴奏出的圣歌,产生神奇的回音,引起心的颤动。

提起此教堂的建造史更是充满传奇色彩。自1248年开始兴建,到1880年才算正式完工,其间耗时达632年之久,前仆后继的设计大师们始终坚持对

科隆大教堂四壁高大的彩窗刻绘着活的圣经篇章,透进的五色彩光映射得圣殿恍如奇幻迷离的天堂

原始设计所体现的宗教精神传承不渝。其间由于欧洲宗教改革运动工程被迫中断,以致一台中世纪古老的起重吊车挂在60米的尖塔上长达300年之久,难怪哥德来此参观时,感叹科隆大教堂像一个"创造到一半,远未完成就凝固了的宇宙"。直到19世纪古典浪漫主义风行于欧洲,在"发掘古典"的口号下,为它带来重生的契机。它时断时续

科隆教堂内穹顶的宗教建筑理念曾若干世纪将人们的心灵引向神灵的天国

的历程,正反映了欧洲宗教变革的历史。

在浓厚的宗教氛围中,我们的思维和举动也难免没有反响,我们团队中两位女游客竟坐到神坛前作势祈祷起来,原来是在取景拍照,而男游客则三三两两讨论起平时很少涉及的宗教话题,大家七嘴八舌,谈到宗教存在的意义,认为为了维护社会行为准则,避免丧失道德和违法现象,例如当今因贪利而图财害命的食品事件,除道德法律的干预以外,宗教信仰或许也能起积极作用,即德治、法治之外再辅以天治,使内外发力。连我国古人都提倡"一日三省吾身",这是以道德法则审查自己,而天治则是以宗教法则审查自己罢了。

经过一番精神洗礼走出教堂,在门前广场上,猛然又见到一尊圣女像,面部泛着金属的色泽,从头到脚披着金黄色丝巾,露出的面部十分安详美丽,我正待举起摄像机,她突然举起双手遮住脸面,我大吃一惊,原来是个大活人,这就是所谓的

教堂门前神态庄严的"教丐"几乎被误认为是圣女雕像,默默等待施舍却不失尊严

"教丐",她们绝不自作卑微,求施舍也具尊严,而且能有如此耐力久立不动,使人佩服,同时也生恻隐之心。

五、欧洲古城——罗马

意大利首都罗马是欧洲最古老的城市之一,也是当今最完美保存古城建筑及布局结构的典范。俗话说:"罗马并非一日建成的。"这说明它的形成是一个长期的过程。它始建于公元前753年,距今已有2700余年的历史,它脚下是七座景色秀丽的山丘,所以至今仍有"七丘城"之称,是古罗马帝国的发祥地,相继成为教皇国的首都,直到19世纪意大利统一后,最终成为意大利的首都,因此被骄傲地称为"永恒之城"。悠久的历史和辉煌的古代文明在城中留下极其丰富的遗迹。

"永恒之城"的美丽和魅力来自两千年的文明,其中包括宏伟的神庙、豪华的贵族住宅、沉淀着历史文化的大型广场、富于雕塑美的纪念柱、古风浓郁的剧场以及充满刺激的斗兽场。

始建于公元2世纪举世闻名的万神殿是古罗马早期建筑中经历两千年风霜完整保存至今的一个奇迹。它直径达43.4米的圆拱,直到1960年也就是整整18

经历近两千年风雨的古罗马万神殿仍傲然屹立,古风犹存,是工程的奇迹

个世纪以后,此纪录才被境内另一体育馆圆顶建筑所打破。廊前那标志着它建筑特色的大理石立柱既富于观赏性,又是对结构的新创,成为后世传承的立柱形式的先祖。所以说,它不仅是建筑美学的一大贡献,在建筑技术上也是一流的,两千年前便有如此建树,确实令人赞叹,而且我们今天所见的圆柱,还是两千年前的石材,毫无破损痕迹。殿内建筑更是辉煌壮观,三层精美的回廊、雕花的穹顶、气魄辉宏的拱门,两千年前便造就毫不逊色于今天的殿宇,简直不可思议,足见古罗马人非凡的智慧与技艺,使人大开眼界,不亚于一堂生动的历史课。

两千年之前罗马万神殿43.4米直径的圆形拱顶,是保持了超越18个世纪纪录的世界奇迹

著名的巨大圆形的"斗兽场"全称叫"科洛塞奥竞技场",此语出自意大利文"巨大"的意思,这是世界八大奇迹之一,也是罗马帝国的象征。我不禁想到我国的"兵马俑"庞大的军阵雕塑,为世界又增添一大奇迹,与兵马俑有同等评价的竞技场,足见其在古建筑中的成就与地位。

竞技场除竞技、赛马表演、戏剧歌剧以外,世人更关注的是它作为斗兽场地的功能。古罗马贵族为寻求刺激,设计了人与人殊死格斗和人兽相斗的享乐形式,极尽残酷之能事,当年被囚禁的角斗士,置于底层的80多个地窖中,以他们的生命博得王公贵族几声喝彩,这已是历史的往事了。

斗兽场的外观像座庞大的碉堡,围墙周长527米,直径188米,墙高57米,相当于现代

夕阳下残败的古罗马斗兽场不由使人触发今昔之感慨

19层的高楼,可容纳10万观众,可见当年竞技、斗兽的规模以及本建筑工程之庞大。两千年的风霜寒暑,高达四层的外壁已残破不全,据说表演场地也破损严重,但看台依然保存完好,如此漫长的岁月,还能见到20个世纪之前露天建筑的基本面貌,而且古风犹在,真是原工程耐久性能罕见的奇迹。参观中不觉天时渐

古罗马人为纪念征战的功勋而创建的凯旋门建筑形式成为他国同类建筑的先导

晚,夕阳映照着残败的古墙,这何尝不是另一种形式的美,面对这别样的画境,突然想起莫奈的绘画作品《月色罗马》不都是将怀旧目光放在同一残楼吗?无形中中外共识者都沉浸于同样的情怀,走进古罗马的梦幻之中。

斗兽场近旁还耸立着一座凯旋门,这是古罗马人创造的纪念功勋的建筑形式,全城有多座,有的是为纪念罗马皇帝远征波斯的战绩,有的是纪念占领耶路撒冷的功勋,有的则是纪念抗暴君的胜利,从中可看到古罗马在统治地中海5个世纪之中东征西讨的历史,它们的建筑形式也成了包括法国在内的世界同类建筑的鼻祖。

罗马多喷泉,有"喷泉之城"的雅号,各种形式的喷泉多达

载誉"喷泉之城"的罗马,喷泉多与雕塑呼应成趣,这是身姿娇美的仙女在泉边戏水的神态,当地称"仙女喷泉"

意大利罗马天然泉水与雕塑艺术天成的组合——"许愿泉"

3000多个，连世界古典名曲中也有以此为主题的《罗马的喷泉》之不朽作品，它以音乐的语言对此进行了惟妙惟肖的描绘。众泉中最值得一提的是那名闻世界的"许愿泉"。根据罗马古老的传说，有一少女曾为口渴难耐的罗马士兵指引这一喷泉而立下功劳，所以也称"少女泉"，而且引伸出更广的民俗文化，据说只要在心脏部位的胸前将一枚硬币绕过左肩以抛物线投入池中并沉入水底，便能实现心中的愿望，这类习俗和中国的是何其类同，看来人们对"心想事成"的愿望是彼此相通的。

　　说到"许愿泉"，那简直是一组庞大而壮观的泉水与雕塑组合的盛景，如篮球场大小清沏见底的泉水池本身就是别具创意的艺术设计，周围罗列着戏水的人们在泉边的自然姿态，雕品所显示的符合场景的热闹场面，简直就是真实场景的再现，美不可言，艺术的造诣达到如此境界，我们只得俯首膜拜了。在群雕后面衬托精美的古典建筑以及与建筑相结合的人物雕像都与水景融为一体，简直是天才的手笔。从高处流经戏水者多态的身体注入雕池中的泉水闪着清澄的蓝光，水池的前方设有多排供游人休息、观泉、赏景的坐椅，观光者依依不忍离去。

罗马狮子喷泉射出造型的水柱，使自然与艺术更生动贴切地融为一体

意大利罗马境内的城中之国——梵蒂冈是世界天主教徒的精神中心，
迎面名列世界首位的圣彼得大教堂，每年迎送来自世界的朝圣者

在罗马，还不得不提及独特的城中之国——梵蒂冈，作为一个城国，地处罗马市内，是世界最小的国家，但却是世界天主教的最高权威，是普天下天主教徒的精神支柱，由罗马教皇统治，面积仅 0.44 平方千米，却有着名列世界首位的大教堂——圣彼得大教堂。梵蒂冈虽早在公元 756 年就已建国，但就像接受礼物一样，它的土地是由他国的馈赠逐步扩展而来，作为天主教的教皇国，其教堂和宫殿无论是建筑主体、装饰和壁画，都汇集了当时最杰出的建筑师、设计师、雕塑家和画家的佳作，例如米开朗基罗、拉裴尔、贝里尼、波提切利等都是文艺复兴时代领军的大师，因此，圣彼得教堂堪称出类拔萃的艺术殿堂巅峰。由于耶酥的十二门徒之首的圣彼得曾葬在这里，在此地基上建造的教堂就是其命名的由来，教堂前游人如织，长队如龙，一派兴旺的宗教景象，从中可见欧洲乃至世界宗教力量和影响之一斑。教堂正面的石柱上醒目地站着罗马天主教历代殉难者的雕像，在他们右下方的一个窗口，每到星期天的正午，教皇就会出现在这里向广场聚集的人群祝福。教皇国的居民仅约 1000 人，不外乎神职人员、瑞士藉卫兵和教皇自己，这其中还有一段有趣的轶事，"瑞士卫队"所穿黄、蓝、橙三色条纹相间的制服，相传还出自米开朗基罗之手，此卫队成立的 400 年以来，制服样式从未改变。相传

圣彼得大教堂内精致华丽的长廊，由于艺术大师米开朗基罗曾在此创作传世珍品《创世纪》和《末日的审判》而享誉天下

罗马城中之国——梵蒂冈的圣彼得大教堂顶端矗立的罗马天主教历代殉难者的雕像，既是对宗教精神的宣示，又是宗教领域的艺术精品

1527年神圣罗马帝国率兵侵扰教廷，由200名瑞士雇佣兵组成的私人卫队英勇地护卫了教皇，从此选用瑞士人组成卫队便成为传统，每年还定期举行隆重的庆祝仪式。

教堂前面是著名的圣彼得广场，广场与教堂是一个完整组合的整体，由教堂向两侧延伸各148米的圆柱回廊环绕着广场的四周，像两只长长的手臂呵护着这

梵蒂冈圣彼得大教堂向两侧各环抱延伸百余米的回廊形若以抚爱的双臂呵护着世界前来拜谒的朝圣者

片世界9亿信徒膜拜的圣地。广场可容纳50万人，广纳世界朝圣者，中心树立着一高达30米的方尖碑和两座银花四溅的美丽喷泉。教堂与广场便构成了教皇国领土的主体，今天的梵蒂冈不仅是抚慰人类心灵的宗教城，其充满惊奇的艺术宝藏更丰富了现代人的精神与视野。

梵蒂冈圣彼得广场上晶莹圣洁的喷泉水花涤荡着朝圣者虔诚的心灵

六、欧洲文艺复兴的摇篮——佛罗伦萨

佛罗伦萨是意大利文艺复兴的发源地,也是欧洲文艺复兴时期建筑与艺术品保存最丰富的地区之一。佛罗伦萨的中文地名最先由文学家徐志摩译为"翡冷翠",虽然源于意大利读音,但一眼就意会到"冷艳的翡翠",实际也名副其实,这座城市的文化、艺术的内容确如其译名一般艳丽。

提起佛罗伦萨,真毫无愧色地承受得起西方文明史上"瑰宝城市"的美誉,文艺复兴之光使它登峰造极地整整辉煌了300年。在欧洲文化史上,由于它首先冲

形似垂暮老人,斑驳的墙面记录着漫长的岁月,佛罗伦萨古老的市政中心——旧宫曾见证各时代的风风雨雨

破了以神统治的欧洲文化传统,开启了以"人"为中心的时代,欧洲便进入了"人文主义"的新世纪。相继出现了以"人"为主题的《蒙娜丽莎的微笑》的绘画、以"人"为主题的第一部歌剧、第一尊以"人"为对象的裸体雕像、第一座国立图书馆,也有了薄伽丘的名著《十日谈》和彼德拉克的《十四行诗》,甚至佛罗伦萨的方言也被法定为意大利的国语。

佛罗伦萨是一个布局十分紧凑的

佛罗伦萨的兰奇走廊是文艺复兴时期雕塑艺术巅峰作品的博物馆,这是其中三人群雕

城市,全市40多个博物馆、60多所宫殿以及诸多小教堂,但主要景点全都可以步行到达。

佛罗伦萨的中心广场因为周围精美的建筑被认为是意大利最美的广场之一。广场始建于13~14世纪,其中最引人注意的是一座造型简单的高大砖楼,墙壁已显出久经风霜而被剥蚀的痕迹,砖缝已显见凹陷而突出累累砖块,但依然"面容苍老"地挺立着,这就

米开朗基罗的人体雕像——大卫是艺术创作冲破宗教束缚进入人文时代的产物,常被选为人体素描的模本

是能雄视整个广场的传统的市政中心——旧宫。旧宫左侧便是美丽的晚期哥特式风格的兰齐走廊,整个走廊与广场相连,这可是最引人入胜的地方,走进这里,简直是步入了一座举世精美雕塑品的博物馆,作品的品位之高只能用"叹为观止"一语来表达。除单体的塑像以外,不少是双人或多人体的组合雕塑,极富动态的生动与逼真,整个场地弥漫着天才巨匠之大气,例如米开朗基罗的裸体雕像——大卫被公认为是表现人体肌肉最成功的杰作,是美术专业的学生素描课的必修内容,此外,米开朗基罗于24岁时完成的另一件雕塑作品描绘圣母怀抱着死去的儿子的悲痛感和对上帝旨意的顺从感被刻

兰奇走廊中的双人群雕

佛罗伦萨以喷泉、水池与海神群雕交融一体的构思是艺术与自然结合的天才之作

划得淋漓尽致。其他如拉菲尔、布拉曼特、卡拉卡乔等大师的巨作更是不一而足。

耳边喷泉流水声吸引我们转身来到另一组雕塑作品前,这是巴托洛米奥和他的助手们创作的海神喷泉。在交织喷射的水柱中看到由海马所拉的双轮战车上站着巨大的白色海神雕像,水池四周还有围绕主题的众多青铜雕塑作品,不远处矗立着著名的科西莫一世在骏马上飒爽雄姿的铜雕像以及宙斯之子大力神的雕塑。穿梭于精品之间,时间使我对每一件作品都留着遗憾,但令人欣慰的是,所得摄像资料将是今后享用不竭的精神资源。

文艺复兴时期最大建筑、现列世界教堂第四位的佛罗伦萨圣母百花大教堂,兼有宗教的神圣与建筑的高雅双重气韵

建于1296年的圣母百花大教堂是古老城市标志性的建筑,被列为世界第四大教堂。是一座由白色、粉红色、绿色的大理石按几何图案装饰起来的美丽大教堂,曾是佛罗伦萨共和国的宗教中心。它外观明亮而清纯,墙体的凹凸感使它产生很强的吸引力,我久久停留,从各个视角品味它宗教的庄严和艺术的美感,这两者都兼的品质,是我在欧洲所见教堂中最喜爱的一座。它对美学的贡献还在于画家们曾在这里学习人体的透视画法和各种姿势的描模,是"人体百科全书"的诞生地。教堂附近的一个小广场,很有集市的气息,有草根摊点和贴近生活以及富于乡土气息的小商店。一家出售类似中国新疆烤馕的商店引起我的好奇,走近才知道这是意大利工艺品铜制托盘,工艺十分精美,带有意大利风情的凹凸图饰,是体现当地工艺文化的土特产品之一。不远处还有一家出售假面具的商店,看上去就像一座花团锦簇的彩车,各色

意大利面具商店琳琅满目的假面具显示浓重的地方特色

各型的面具布挂得四壁不留丝毫缝隙,使过路游客像被磁石吸引般地进入店铺,这也是意大利传统工艺品之一,各种人妖异怪的脸型、头饰和冠帽,极富想象力,

佛罗伦萨旧城窄巷中,世界文化巨匠但丁曾居住过的小楼久为崇拜者寻访的热点

很像中国京剧的脸谱艺术。意大利有举行狂欢节的习俗,每到这一民族大盛会,举城戴着假面具同欢共舞,其中罗马狂欢节尤其享名于世界。

走出店门,见一男子在闹市中将一把伞举得远远超过头顶,动作夸张得使我们不习惯,看来是基于公德意识,从细微之处体现精神风貌,令人感慨。

意大利佛罗伦萨古老的旧城区使人顿生怀旧之情

意大利佛罗伦萨700年前的市政警察局依然苍老地挺立着,笑迎7个世纪之后的来客

佛罗伦萨的旧城区街道与里巷都十分狭窄，但都展现了原味的旧时风貌，在我心目中，这里是更具吸引力的地方，引发人们怀旧的心绪。我们在陋巷里发现一座不起眼的高似碉堡的民居建筑，墙面已斑驳突现出一方方的砖块，这是一代文豪但丁的住处，现在已辟为博物馆被精心保护起来，观者很难将一代文化巨匠和一所简陋的房屋联系在一起。陋巷不远处还有一座高大而无装饰、本色的建筑，这是本城700年前的警察局，墙上用铁钉保护着，毫未变形。这一带属于当时底层群体的生活环境，是当年里弄文化最有代表性的地方。

七、风车之国——荷兰

进入荷兰首先映入眼帘的就是它绿茵茵的草地和转动的风车。全境地势低平，有1/3的土地仅高出海平面1米，经常遭受潮汐的袭击，但是荷兰人却在这种恶劣的环境中向大海取得了1/3的土地，而风车就是围海造田中的功臣，当地民间流传着这样的谚语："上帝创造了人，荷兰风车创造了陆地。"在一般旅游者心目中，一提到荷兰的风车，总会联想到小河边别具诗意的磨坊，这已成为历史上的往事了。早在15世纪，荷兰人就把风车加工粮食的磨坊发展成最初的汲水排水设

荷兰风情——沼泽、草地、风车，是大自然对辛勤的奖赏

施,风车便成为给低洼的土地排水造田的重要手段,到 18 世纪,荷兰的风车数量多达一万座,目前,留存约一千多座,我们所访问的风车村也只是观赏性地提供人们对它往日的回忆。在绿洲与沼泽之间为数不多的几台风车还在悠悠转动着,磨坊的功能早已被现代设备所代替,它们只是为景观装点着固有的特色,默默做着往日的梦,但周围的乡村景色却因为它们的点缀变得十分诱人,是荷兰风光"画龙点睛"之笔。

荷兰风车已走出旧时的磨坊而成为向大海索取土地的功臣

风车的样式很多,现在常见的风车多有一个十字形的车翼,车翼安装在石块砌成的基座上,基座粗壮高大,约有 4 层楼高,每个基座就是一座风车塔房,一般共有 6 层,分设生活场所,每个翼片上安装着细架,上面蒙以帆布,吸收风力,转动齿轮,根据汲水或排水的需要,可作双向操作,围垦陆地始终是风车的任务。荷兰人为感念风车的奉献,还规定了风车日,届时全部风车齐动,举国欢庆。

荷兰是个极富于民族特色的国家,它的田园风光吸引着来自世界各地的旅游者,它的魅力既来自地貌的秉赋,又来自文化的积淀。在地貌方面,由于围海造田的结果,境内出现众多湖泊、沼泽和绿地,赋于这片土地以自然的美,其中湖泊使视野开阔,沼泽使风情多姿,风车使大地增添韵味,绿野使人赏心悦目,放眼四望,撒在绿洲上的皮色斑斓的荷兰奶牛和点点羊群给大地陡增无限生气,远处的木桥、木屋像是点染画面的油彩,一切都十分恬淡自然,不觉中已深深陶醉在这田园的画境中。

荷兰的魅力还来自它独特的建筑文化。在景区中,大部分木屋都十分具有特色,红色的屋顶坡度极大,黑色的墙体镶着明亮的白边,门窗也以醒目的白边突

田园风光使荷兰人得天独厚地享受大自然的眷顾

具有荷兰建筑文化特色的红、白、黑基调及镶边俏丽的居屋与自然环境共同绘出和谐亮丽的画卷

荷兰阿姆斯特丹17世纪环形运河清朗的河滨及水中倒影,满目荷兰风情

显轮廓,形成红、白、黑三色彼此衬托,线条感强烈,即使紧邻房屋连成一片,彼此轮廓依然分明。风车与基座大都以墨绿色镶以白边,以红色作为顶盖,这种独特的色调组合与湖水草地对比亮丽和谐,这是别具特色的荷兰建筑文化的标志。木屋前常饰以木阶和木廊,一进木屋,常觉别有洞天,商品布置十分精巧,售货的少女饰以围裙白帽,很有地方乡土情调。

八、大自然的宫殿——阿尔卑斯山

在欧洲多国的旅游行程中,阿尔卑斯山常时隐时现地伴随着我们,它赋予欧洲绮丽的风光,使我们在饱览欧洲历史文化所沉积的人文风貌之外,享受又一种

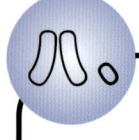

旅欧全程中阿尔卑斯山依恋地时时相伴同行

陪伴着阿尔卑斯山的朝朝暮暮，山脚小镇的居民享受着大自然独特的馈赠

来自大自然的馈赠。

阿尔卑斯山以婀娜多姿的冰雪峰峦丰富了它绵延经过的意大利、法国、瑞士、列支敦士登、奥地利、德国、斯洛文尼亚等国的旅游资源，被称为"大自然的宫殿"、

阿尔卑斯山山脚鳞次栉比的别墅群看到人类对美的追求

"真正的冰川博物馆",是冰上运动的胜地、探险者的乐园。它表面覆盖着平均1千米的冰盖,这皑皑白雪孕育了诸如莱茵河、多瑙河等欧洲著名河流,其风光魅力便可想见。

阿尔卑斯山在瑞士境内铁力士峰的登山起点,抬头仰望皑皑雪峰,不由己令人心醉

我们所登临的是其中海拔3020米的铁力士峰,在整个山脉22座超4000米的山峰中,其高度虽称不上出类拔萃,但却是瑞士中部最高山峰,在蓝天映衬下,洁白如银的雄姿,看一眼便令人陶醉。而且多种类型冰川地貌都十分典型,其峰顶突出冰面,形成岛状巅峰,角峰锐利、峻峭挺拔。由冰川侵蚀作用形成的冰蚀崖、冰斗、悬谷等多类型地貌奇观沿途都相继展现眼前,既是地貌标本的博物馆,更展现一派绝妙的极地风光。

阿尔卑斯山赋予欧洲绮丽的风光,又是欧洲诸多著名河流的源头

为登临峰顶,从山脚需辗转乘坐三级缆车。首先乘可容6人的小缆车攀登海拔1800米的特里布湖,这是山地冰川作用形成的冰蚀湖,周围构成一组相应的景观区。在这第一梯阶开端,我们脚下是一片葱翠诱人的缓坡,不时传来牛群中牧歌般叮当作响的铜铃声,仰望怪石嶙峋的山峰,像圣诞老人披散着白色的须髮,不久便渐渐沉到脚下。

　　山坳中的积雪像是从高岩泻下的瀑布,蔚为壮观。随着缆车的攀升,身体渐感寒意。据统计,每上升100米,气温便下降0.6℃,山顶与山脚温差达18℃～20℃,因此常年保持积雪。透过淡淡云层,我们依然能看到周围五光十色大自然造化的迷离世界,抬头是茫茫白雪中探出的山脊,低头是浓淡相映的绿野,身边掠过斑斓的危岩怪石,犹如仙人升天的幻觉。猛然间,旅友们发出一阵惊呼,我吓了一跳,原来是窗外斜坡上滑雪者腾空跃起的精彩瞬间,待我转过身来,这雪上飞燕已左右回荡远去,身姿之矫健、场面之惊险与影视中所见炯然两种感觉。在此后第二梯阶缆车上,又见到一位身着滑雪运动服仅露出脸部的少女滑雪者,身边还抱着供雪上飞翔的滑雪板,大家抢着和她共同留影,窗外清晰的阿尔卑斯雪山,正是切合环境绝妙的背景,这才悟到旅友如此敏锐的反应,为的是获得一张典型环境、典型人物的影像。这位令人羡慕的滑雪少女热情开朗,从不拒绝客人的请求,尤其使我钦佩的是在如此险峻的环境中敢于挑战自然的勇气。从中可以看到欧

山谷中的村镇设有现代化的旅馆、餐饮服务,是旅游者和探险者休闲的乐园

洲人的一种心理倾向——从惊险的刺激中寻求乐趣,而阿尔卑斯山正是他们最理想的场地。这里不仅风景秀丽,并有设施完善的滑雪坡和登山电缆吊椅,附近有现代化的旅馆服务,每到冬季便成了滑雪爱好者的乐园,山麓和谷地间有不少村镇,四方游客纷至沓来,休闲、登山、滑雪,天然的条件难与攀比。每年冬季,是环法自行车赛必经之路,又为旅游者增添了不少欢乐。

从阿尔卑斯山高处远眺四周婀娜多姿的冰雪峰峦,令人惊叹大自然的鬼斧神工

到达海拔1800米的特里布湖平台转乘第二梯级的缆车,中途飞越史坦德冰川,缆车面积较前宽绰很多,可容纳80人,你可选择理想的位置,掠过脚下难得一见的冰川奇观,犹如坐着天方夜谭中的神毯凌空遨游,好客的云彩时隐时现,一路殷勤地为我们布设各种神奇幻境,缆车偶尔深入云层,四周茫茫一片。在这崇山峻岭的冰雪世界中,竟然看到色彩亮丽的欧式小别墅,在这天地难以区分的一片白茫茫的背景下,更产生鲜明动人

阿尔卑斯山某僻静的山脚下竟也有欧洲版的"桃花源"

的视觉冲击,而且周围不见道路,不知谁人竟有如此奇思妙想,将生活建立在这远离尘世的天际中,真是世事万态,无奇不有,不敢再进一步设想主人们的生存条件,或许在他们理念中,精神享受是至高的,也或许出自猎奇的向往,总之,也只有用欧洲人不同于我们的心理特征来解释。我想,这何尝不是一种值得肯定的心理倾向,基于猎奇的心态,便不乏创造的冲动,新事物往往因而萌生。例如世界航空事业的星星之火,难道不正是当初莱特兄弟模仿飞鸟的奇想,才为今日世界开辟了一片新的天地。

　　由空中俯视地面,山脚斜坡宛如翠绿的绒毯,茂密的冷杉像点缀其间的丛丛墨绿刺绣,地面纵横的道路好似镶嵌的白色纹理,周边建筑更为之缀上一圈犹如花边的亮色,俨然一幅构图独到的画卷,多情的阳光与白云更为景色抹上几分妩媚,是大自然神奇的画笔与人类超然工巧共同的杰作。

　　后继的行程是转乘世界首创的旋转缆车,可容数十人,随着缆车360°的螺旋

经历数十万年由大自然造化形成的天然冰洞奇观恍若人间水晶宫

上升，窗外飘缈的世界尽收眼底。设计者的良苦用心可谓达到极致，加之科技的贡献，将我们一步又一步送进云端神灵的世界。据说20世纪早期，这里还相当封闭，除造访的探险者之外，很少相互交往，仅依靠山口简易通道进行谷地之间以及与外界的联系。随着铁路与公路特别是隧道交通的开辟，加之我们正在体验的现代化登山设施的运用，诚然两个时代两种天地，旅游观光已成为该地区兴旺的事业。我们在山脚下所见到的车水马龙、游人云集的盛况正说明其旅游的今天。

到达铁力士海拔3020米的顶峰已是"高处不胜寒"，山风嗖嗖，似觉大地隐隐颤动，从心理上倾向找到一处更稳固的立足点。正在这时，不远处竟然出现一条类似隧道的"冰洞"，这就是经历了数十万年大自然造化形成的天然奇迹。大自然的鬼斧神工似乎刻意为人类开凿的避风隧道，洞长数十米，直径2米有余，圆筒状内壁透明晶亮，行走其间如穿行中国神话的水晶宫，寒气逼人，脚下保持着原生态的光滑，游客本能地以碎步蹒跚慢行，彼此的交谈，可听到"嗡嗡"的回声，洞内原设置的灯光被反射得分外透亮，游客们连声称绝，频频按动相机，以求将这远古奇观珍藏于记忆中。

走出冰洞，眼前豁然开朗，这是铁力士峰顶难得的一片平地，铺着厚厚积雪，

在3020米高度的铁力士峰顶，初夏季节仍然白雪皑皑，游客们像孩子般地嬉戏在梦幻般的奇境中

在这初夏季节突然进入寒冬世界,连成年人都快乐得像一群孩子,打起了雪仗,滚动着雪球、呼喊着、跳跃着。在远处朦胧的雾气中可隐隐看到踏雪归来的人群,人们尽情享受着这蓦然而来的冰雪天地,即使加穿御寒衣、裤依然寒气袭人,不敢久留。

缆车缓缓降到地面,像是又回到人间绿色家园,踏着松软的草地,看着似乎久别的人群,眼前亲切的屋舍,诚然两重天地、两种季节、两样色彩,这才感到地面家园的温馨。车辆在返程路上,恍然觉得沿途格外秀美,想必是天上人间的强烈反差引起的心理感受。

车行途中,窗外一位自行车骑行者,竟然和我们的车辆挑起速度竞赛,在数公里的一段路程中,紧追汽车不舍,两者时先时后,难辨胜负,想必体力原因渐渐退出视线,这不也能看到欧洲人性格的另一个侧面吗?

一位欧洲自行车骑行者不知缘何心理,紧咬住我们的旅游大巴,似欲一比高低,此中是否也包含着欧洲人的性格因素

九、世界花园——瑞士

　　瑞士有"世界花园"之美称,今日身临其境,确实名不虚传,境内湖光山色,如诗如画。我们首访的是温馨浪漫的古城卢塞恩,这里是瑞士联邦的发祥地,瑞士风光的一颗明珠。境内卢塞恩湖是世界旅游爱好者梦寐向往的地方,湖面波光粼粼,四周峰峦叠嶂,山影伴着碧水,白云衬着蓝天,幽远而显出大气,开阔又透着妩媚,像是大自然独一的馈赠。我们的游船正在环湖航行,船顶露天观景台上,来自世界八方的游客分坐在各自的圆桌前静静品味着大自然的盛情款待,从大家的肤色、服饰、仪态、谈吐可以看到世界民族的缩影和对风光的共同倾向。环视岸边风

瑞士卢塞恩湖畔的湖光山色吸引着世界游客

格多样的中世纪建筑,教堂尖尖的塔顶,水面波光帆影,不觉已深深沉醉在这梦般的画境中。

在湖水飘渺的尽头,据称对面连接着四个毗邻的洲,故本湖也称"四洲湖"。瑞士乃至欧洲人民所敬仰的瑞士民族英雄威廉·退尔就出生在湖畔这块土地上,

瑞士卢塞恩湖碧波尽头曾留下民族英雄威廉·退尔和音乐大师华格纳的生活足迹

提起他传奇的一生,几乎无人不晓这段真实而曲折的故事。13世纪时,瑞士仍处在奥地利的统治下,为显示统治者的绝对权威,格斯勒下令竖起一根长竿,上面顶着帽子作为权力的象征,凡过往的瑞士民众必须脱帽致敬,否则将被处死。退尔不失民族气节,领着儿子挑战了这一侮辱,格斯勒大发雷霆,他深知退尔箭术,命令退尔射向站在远处的儿子头顶置放的一个苹果,若射中给予赦免,否则立即处死。退尔准备好两支箭,若一箭失败,将以另一箭射死统治者,最终退尔成功,然而统治者食前言,再捕退尔。押解途中,退尔伺机逃脱虎口。经过长期的斗争,退

尔不仅最终射死暴君,而且组织人民赶走了入侵者,自己后来因拯救灾难为民众而献身。退尔的英雄故事在欧洲一代又一代传颂至今,德国剧作家席勒、意大利作曲家罗西尼以艺术的形式将英雄形象推向艺坛,已成为举世不朽的作品。游船航行至一处优雅的湖边,不远处有一座湖滨别墅,这里是世界著名音乐家瓦格纳曾住过的地方,现已成为博物馆,瓦格纳与已为人妻的恋人之间的浪漫恋情曾在欧洲传为佳话,他也从中获得灵感,部分已反映在他的作品中,他在这美丽的湖滨完成的作品如《西格弗里德》、《纽伦堡的诗人》、《众神的黄昏》,至今仍在世界演奏不衰。

卢塞恩石狮又称"垂死的雄狮",是卢塞恩又一件有国际声望的雕塑巨作,凿刻在山麓一凹陷的石岩中,我国不乏石狮作品,但大多太过格式化。可这一极富

瑞士著名岩雕"垂死的雄狮"表达其死亡瞬间痛苦与悲哀的神情,使观者为之动容

个性的石狮造型使人大开眼界,作品表现它垂死前的虚弱与悲哀,无力地倒在地上,肩上还插着一截折断的长矛,近处有一块标有瑞士国徽的盾牌,它奄奄一息痛苦的神情被刻划得如此细腻逼真,使观者为之动容,不知作者是如何捕捉到这样真实的原型。美国作家马克·吐温在参观后感叹地说,这是"世界上最悲壮和最

瑞士罗伊湖上的卡贝尔木桥是欧洲造桥史上早期风格的遗存

感人的雕像"。狮身长10米,高3米多,1821年由丹麦雕塑家托瓦森凿建而成,为的是纪念1792年为保卫巴黎杜瓦丽宫路易十六世王室而全部战死的786名瑞士雇佣兵。当年瑞士是一个贫穷落后的国家,去他国从事雇佣兵是常见的选择,此役之后,这一传统就此终结。

　　罗伊湖畔的卡贝尔木桥是欧洲古典造桥传统辉煌的典范之一,这是一座工艺精致、风格古雅的木质廊桥,原桥始建于1333年,后因火灾重建,全长200米,略成弧形点缀在碧波之间。桥身除整体雕刻的美感之外,吸引众目关注的是桥廊横眉上所展示的110幅绘画,描述了瑞士联邦的历史进程,沿桥两侧护栏上摆满了鲜花,远看像是水面上的彩带。在桥身50米处又新建了一座与木桥平行的现代铁桥,似乎感到建桥的初衷既为减少木桥的负荷,又在对比中突显木桥的古风雅韵,铁桥造型简朴,可能正是避免喧宾夺主的考虑。两岸建筑精美、雅致、色调清新。水中自由自在地游荡着一群群洁白的天鹅和黑色的野鸭,对周围人群毫不畏惧,这是难得一见的人与动物和谐共处的场景。卢塞恩人的文化传统不仅珍惜本民族的文化遗存,而且崇拜大自然中的花草树木、鸟禽虫鱼,认为这是自然的恩

瑞士文化传统重视生态环境和生灵保护，水面的天鹅与人类共处在和谐的家园中

赐，珍爱与保护它们是公民的天责。基于这种信仰，在这片土地上，不仅保持着万物友好相处的环境，也重视环境免遭破坏，因此难于见到工农业污染的痕迹，而且环境日益清新明媚。

卢塞恩木桥东口数米远的河水中有一座与木桥享有同等声望的八角形水塔古建筑，被视为与木桥天成的绝妙搭配，建于1500年前后，塔高34米，黄墙配以尖尖红色塔顶，与木桥一立一卧，夕阳下更显韵致，水塔斑驳的外墙诉说着它经历的岁月，它当年曾为瞭望哨所、继尔改为监狱的经历倒为眼前古塔留下些许文化的内容。